내 인생의 마법 주문

일러두기

* 원어는 로마자 표기를 기본으로 합니다.
* 주문의 어원 표시는 해당 언어이거나 해당 언어에서 파생되었음을 뜻합니다.
* '출처 미상'은 주문의 특성상 어원이나 출처가 불명확한 경우입니다. 정확한 출처를 제보해 주시면 다음 쇄에 반영토록 하겠습니다.
* 산스크리트어 주문은 우리나라 불경에서 음차하여 사용하는 발음과 원어 발음을 같이 표기하였습니다.
* 해당 언어의 발음 표기는 원문이 지닌 느낌에 충실하기 위해 외래어 표기법과 다를 수 있습니다.

내 인생의 마법 주문

오프리 지음
이단비 캘리그래피

팬덤북스

열려라, 참깨!
수리수리 마하수리!
하쿠나 마타타!

위의 말들은 몇 단어로 정신을 집중시키고 일깨우는, 이른
바 '주문呪文'입니다. 주문에는 외우는 사람의 간절한 기원과
소망이 담겨 있습니다. 어릴 적 읽었던《알리바바와 40인의 도
적》에서 '열려라, 참깨!'라는 주문은 마치 마법의 신비처럼 요
술을 부리는 특별한 말이었죠.

영화 〈타짜〉에서 주인공 고니와 스승 평경장이 가끔 되뇌
던 '아수라 발발타'처럼 주문은 영화에도 가끔 등장합니다. 영
화 〈미녀는 괴로워〉에서 주인공 한나가 용기를 얻고 긍정적 결
과를 바랄 때 독특한 문양을 그리면서 외웠던 '하쿠나 마타타'
는 애니메이션 〈라이온 킹〉에 등장했던 말입니다. 스와힐리어
로 '괜찮아', '걱정하지 마', '다 잘될 거야'라는 뉘앙스를 지니
고 있습니다. '수리수리 마하수리'는 마술사들이 만든 주문 같
지만, 원래 불교 경전에 나오는 산스크리트어의 주문입니다.

　세계 각국에는 저마다 상황에 따라 외우는 주문이 있습니다. 어떤 이는 자신만의 주문을 직접 고안해서 힘든 일이 생길 때마다 외우기도 합니다. 주문이 가장 잘 활용되고 일상화된 곳은 종교 집단입니다. 간절한 마음으로 기도하고 축원하며 수없이 외웁니다. 자신의 바람과 소망을 목소리를 내어 읽으면 효과가 있다는 사실은 이미 과학적으로도 밝혀졌습니다. 글로 쓰고 잘 보이는 곳에 붙여 놓으면 그 효과가 배가됩니다. 우리의 뇌는 언어로 사고하고 소통합니다. 언어가 삶에 미치는 영향력은 거의 절대적입니다. 주문의 힘은 바로 여기서 나옵니다.

　2016년 리우 올림픽에서 여자 양궁 대표 팀은 지난 올림픽에 이어 또다시 단체전 금메달을 따고 올림픽 8연패의 신화 창조를 이어 갔습니다. 매회마다 바뀌는 규정에도 아랑곳하지 않고 당당히 실력으로 이뤄 낸 성과입니다. 재미있게도 금메달리스트들은 평소에 주문을 적은 메모를 지니고 다니면서 수시로 되뇌었다고 합니다. '첫 발, 과감하게', '나에게 집중', '연습 때처럼 나를 믿고 자신 있게 쏘자' 등은 장혜진, 기보배, 최미선 선수의 루틴 카드에 쓰인 말입니다. 긍정적인 주문은 행동의 결과 역시 긍정적으로 이끄는 힘이 있습니다.

'난 할 수 있어!', '잘될 거야!', '나는 최고야!'라는 말들은 우리가 어려움에 처하거나 고난에 빠졌을 때 스스로를 다독이며 극복하도록 용기를 북돋기 위해 자주 사용했을 것입니다. 굳이 '하쿠나 마타타' 같은 어려운 외국어를 쓰지 않더라도 의미는 같습니다. 그럼에도 우리가 늘 쓰는 평이한 문장보다 외국어를 쓰면 뭔가 좀 특별하게 느껴지는 건 왜일까요?

한때는 스님이 쉬운 우리말을 두고 어려운 산스크리트어를 왜 그리 외우는지 이해할 수 없었습니다. 일부러 어려운 말

로 고상한 척 교양 있어 보이려는 것은 아닐까 하는 생각도 했습니다. 시간이 흐르면서 깨달았습니다. 언어란 나라마다 쓰임과 활용이 달라서 아무리 완벽하게 번역하고 해석하더라도 본래의 의도를 그대로 전달하기 어렵습니다. 원어와 해당 나라의 문화를 함께 이해해야 단편적인 번역 수준을 넘어섭니다. 그나라, 그 시절, 그 사람들의 사상을 알아야 비로소 최대한 근접하게 다가갈 수 있습니다.

또 하나 나름대로 찾은 이점이 있습니다. 낯선 단어일수록 익숙해지기까지는 시간이 소요됩니다. 그러기 위해서는 반복적으로 보고 듣고 읽고 쓰고 생각하는 과정이 필요합니다. '정성'이 들어가는 것입니다. 한 톨의 씨앗이 나무가 되려면 끊임없는 관심과 영양분이 주기적으로 필요한 것과 같습니다. 가능한 원어를 먼저 접하고 의미를 우리말로 풀어서 이해하는 식으로 여러 번 반복하다 보면 어느새 자연스럽게 좋고 긍정적인 에너지가 내 안에 싹트게 됩니다.

세상은 객관적인 사실이 지배하는 것처럼 보입니다. 하지만 현실은 믿는 만큼만 보이고 실제 행동으로 이어집니다. '믿는 만큼' 세상이 내게로 향하며, 나 또한 '믿는 만큼' 바뀝니다. 주문을 외움으로써 긍정 에너지를 얻거나, 자신에게 특별히 와닿는 격언을 삶의 모토로 삼아도 좋습니다. 더불어 주문을 외우는 동안 이상하리만치 마음이 안정되고 편안해짐도 느낄 것입니다. 살아가는 동안 여러 면에서 도움이 되는 격언도 마찬가지 힘을 가지고 있습니다.

"진리는 길이 없는 대지에 있다."

인도의 명상학자이자 20세기의 위대한 철학자 크리슈나무르티가 남긴 말입니다. 진리는 이미 생긴 길 위에 있지 않습니

다. 아무도 가지 않은 길 위, 마음이 새겨지는 곳에 있습니다. 세상엔 만들어진 길보다 아직 만들어지지 않은 길이 많습니다. 우리가 가 보지 못한 미지의 세상은 우주만큼 광활하게 존재합니다. 간절히 바라고 원하는 바를 그곳에 당신이 직접 믿음의 주파수로 쏘아 보면 어떨까요? 분명 당신의 신호에 답할 것입니다. 당신만의 길이 밝은 빛이 되어 환하게 열릴 것입니다.

《내 인생의 마법 주문》을 읽는 모든 사람들에게 신의 사랑이 깊고 넓게 깃들기를 진심으로 바랍니다.

CONTENTS

PART 2 　소원을 말해 보세요

CONTENTS

PART 3 세상의 모든 지혜를 찾아서

CONTENTS

PART 4 영원한 믿음 안에서

PART
1

우리의
완전한 사랑을
위하여

디에세오스타

디에세오스타
De-aeseohsta

【내가 나를 사랑하게 만드는 주문】
출처 미상

당신은 세상에 단 하나뿐인 소중한 사람입니다.
진실로 나를 사랑할 때 다른 사람을 헤아릴 줄 알게 되고,
내가 나에게 했던 것처럼 남에게도 사랑을 주는 기쁨을 얻
습니다.

★

아게하쵸
Agehacho

【애인이 생기게 하는 주문】
일본어

일본어로는 'あげはちょう(揚げ羽蝶)'라고 해서 호랑나비의 총칭이라고 합니다. 호랑나비가 누군가에게 날아가 대신 고백하는 걸까요?

안단테
에스프레시보

안단테 에스프레시보
Andante espressivo

【짝사랑이 이루어지는 주문】

이탈리아어

'감정을 가지고 적당히 느리게'라는 의미의 음악 용어이기도 합니다. 노래는 사랑이고 사랑이 노래이듯 사랑은 서두르지 말고 감정을 느껴 가며 천천히 키워야겠죠.

에이프리어

에이히루어
Aeiherumuh

【사랑하는 사람과 마주치게 하는 주문】

출처 미상

마주치자마자 외워야 할 주문은 다음 페이지에 있습니다.

★

아 로우
Aa low

【사랑하는 사람이 말을 거는 주문】

출처 미상

이 주문을 외우고 정말 그 사람이 말을 걸어오면
어떻게 해야할지는 이제 당신의 몫이랍니다.

메로제에리제
Merojaerijae

【상대와 대화를 오래 나눌 수 있게 하는 주문】
출처 미상

대화를 오래 한다는 건
마음이 통한다는 뜻이죠.
마음이 통하려면 공통 관심사를 찾아야 해요.

사캬미때

Sacyamitae

【좋아하는 사람과 손을 잡게 하는 주문】

출처 미상

손만 잡아도 두근두근…….

라마히세쿠

라마히세쿠
Ramahiseku

【사랑하는 사람과 넘어져서 키스를 하게 되는 주문】

출처 미상

주문을 외우기 전에 딱딱하지 않은 장소부터 찾아야 할까요?

라리 라라라

La li: la la la

【사랑에 빠지게 하는 주문】

출처 미상

걸 그룹 라붐의 〈주문을 풀어(La li: la la la)〉라는 노래가 있습니다.

러버스
레플링
레이드마트

러버스 레폴링 레이디마트

Lovers leporine ladymart

【사랑을 이루게 해주는 주문】

출처 미상

홀연히 남기고 간 그대의 향기,
내 맘을 흔들고 간 여운의 향기.

나씨 빠라 꼬노쎄르떼
Nací para conocerte

【나는 당신을 알기 위해 태어났습니다】

스페인어

내 동그라미 안에 당신의 동그라미가
들어올 수 있도록 당신을 그려 봅니다.

모르스 솔라

Mors sola

【죽을 때까지 함께】

라틴어

드라마 〈킬미 힐미〉에서 주인공(지성 분)이 신세기의 인격을 표현할 때 목에 나타나는 문양으로 알려졌습니다. 당신은 죽을 때까지 함께하는 사랑이 가능한가요?

셈페르 테
레코르도르

셈페르 테 레코르도르

Semper te recordor

【언제나 당신을 기억하고 있습니다】

라틴어

당신은 나를 언제 기억하나요?

★

셈페르 테 스펙토
Semper te specto

【언제나 당신을 지켜보고 있습니다】

라틴어

당신은 내 가슴에 뜨는 달,
난 당신 주위를 맴도는 별.

에쓰 미키
시밀리스
프리지 움브레
아르보리스

에스 미키 시밀리스 프리지 움브레 아르보리스

Es mihi similis frigi umbrae arboris

【저에게 당신은 시원한 나무 그늘과 같습니다】

라틴어

쉼표가 있기에 음악이 살고,
겨울의 휴식이 있기에 꽃이 삽니다.

템포스
푸지트
아모르 마네트

템푸스 푸지트 아모르 마네트

Tempus fugit amor manet

【시간이 흘러도 사랑은 남는다】

라틴어

처음엔 한 송이 눈으로 조용히 내게 왔다가
이젠 하얀 눈으로 온통 뒤덮인 너란 존재.

우드 아메리스
아마빌리스
에스토

내 인생의 마법 주문

우트 아메리스, 아마빌리스 에스토
Ut ameris, amabilis esto

【사랑스러워져라, 그러면 사랑받으리라】

라틴어

향기 있는 꽃은 멀리서도 벌을 부릅니다.

아모르 빙치트 옴니아

Amor vincit omnia

【사랑은 모든 것을 이긴다】

라틴어

제프리 초서의 대작《캔터베리 이야기》에서 이야기꾼의 한 명으로 등장하는 수녀원장이 평생 동안 모토로 삼은 구절입니다.

14세기 영국은 성지를 방문하는 사람들이 많았습니다. 잘못을 용서받거나 병을 치유할 수 있다는 믿음이 있었기 때문이죠.《캔터베리 이야기》는 성인 토머스 베케트의 묘지가 있는 성지를 순례하는 과정에서 만난 각계각층의 사람들이 지루함을 달래기 위해서 이야기 경연을 벌이는 내용입니다.

딜리제,
에트 파
쿼드 비스

딜리제, 에트 팍 쿼드 비스

Dilige, et fac quod vis

【사랑하라, 그리고 네가 하고 싶은 것을 하라!】

라틴어

아우구스티누스가 쓴《요한 서간 강해》7장에는 다음과 같은 말이 나옵니다.

"사랑하라, 그리고 네가 하고 싶은 것을 하라. 입은 다물어도 사랑으로 다물고, 말을 하더라도 사랑으로 말하라. 나무라도 사랑으로 나무라고, 용서해도 사랑으로 용서하라."

'네가 하고 싶은 것을 하라'는 말은 마음대로 아무것이나 하라는 의미가 아닙니다. 사랑의 마음으로 사람을 대하고, 그 안에서 자유를 누려야 합니다.

우분투
Ubuntu

【우리가 함께하기에 내가 있습니다】

아프리카 반투어

한 인류학자가 아프리카에서 아이들에게 게임을 제안했습니다. 평소 먹기 힘든 과일을 바구니에 담아 제일 먼저 뛰어온 아이에게 주겠다고 했죠. 아이들은 함께 손을 맞잡고 같이 뛰어 동시에 1등을 했습니다. 인류학자는 궁금했어요.

"일등을 한 사람에게 모두 주려고 했는데 왜 손을 잡고 달렸니?"

아이들은 합창하듯 같은 말을 했어요.

"우분투. 다른 친구들을 빼고 어떻게 저 혼자만 좋겠어요?"

'우분투'는 공동체에서 함께 조화롭게 삶을 영위해 가는 아프리카인들의 뿌리 깊은 사상입니다.

우만자

★

우모자
Umoja

【함께하는 정신】

아프리카 스와힐리어

아프리카 사람들은 비록 경제적으로 풍요롭지는 않지만,
항상 이웃과 남을 생각하는 전통을 오랫동안 이어 오고 있
습니다.
좋은 일을 공유하면 기쁨은 배가 되고,
슬픈 일을 공유하면 슬픔은 반이 됩니다.
누군가 함께한다는 생각만큼 든든한 건 없겠죠.

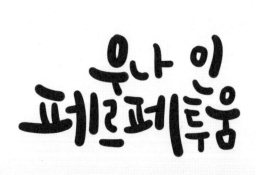

우나 인
페르페투움

★

우나 인 페르페투움

Una in perpetuum

【영원히 함께】

라틴어

당신이 영원히 함께하고 싶은 사람은 누군가요? 사랑하는 사람 곁에서 마음속으로 주문을 외워 보세요.

PART
2

소원을
말해 보세요

카스토르폴룩스
Castorpollux

【행운, 행복을 부르는 주문】

라틴어

그리스 신화에 나오는 쌍둥이 영웅 카스토르와 폴룩스를 합친 말입니다. 두 사람의 우애에 감동한 제우스가 쌍둥이자리로 만들었다고 합니다. 쌍둥이자리는 목성과 12년 주기로 만나는데, 이때 주문을 외우고 소원을 빌면 12년 후에 소원이 이루어진다고 전해집니다.

에스쿨라
피우스

★

에스쿨라피우스
Aesculapius

【아픔을 잊게 해주는 주문】

라틴어

에스쿨라피우스는 그리스 신화에 나오는 의술의 신(뱀이 휘감고 있는 지팡이를 든 형상)입니다. 제우스는 인간들이 그의 능력을 통해 신처럼 불사의 영력을 갖게 될까 두려운 나머지 번개를 쳐 죽게 했습니다. 죽은 에스쿨라피우스는 오피우쿠스 Ophiuchus라는 별자리가 되었죠. 바로 뱀주인자리죠. 이런 유래로 에스쿨라피우스는 아픔을 잊게 해준다는 믿음이 전해지게 되었습니다.

오블리비아테

오블리비아테
Obliviate

【기억을 지워 주는 주문】

라틴어

잊힌 기억, 망각을 의미하는 라틴어 'oblivio'에서 파생된 말입니다. 영화 〈해리 포터와 죽음의 성물 1부〉 첫 장면에 등장합니다. 헤르미온느가 호크룩스를 찾으러 가기 전에 부모님에게 주문 오블리비아테를 걸어 호주로 보내는 장면이 나옵니다. 좋은 기억만 남겨 두고 나쁜 기억을 지운다는 의미를 담고 있습니다.

효야피노피노

호오포노포노
Ho'oponopono

【잘못을 바로잡다】

하와이어

하와이 원주민들이 마음을 정화할 때 쓰는 말입니다. '호오'
는 목표, '포노포노'는 완벽함을 뜻합니다. 완벽을 추구하기 위
해 잘못된 부분을 수정한다는 의미이죠. 고대 하와이인들에 의
하면 오류는 과거의 고통스러운 기억들로 얼룩진 생각에서 비
롯된다고 합니다. 호오포노포노는 불균형과 질병을 유발하는
고통스러운 생각들, 즉 오류의 에너지를 방출하는 방법입니다.

내 인생의 마법 주문

아브라카다브라
Abracadabra

【말한 대로 이루어지는 주문】

히브리어

걸 그룹인 브라운 아이드 걸스가 부른 노래 제목으로도 유명합니다. 중세 시대에는 질병과 재앙을 물리치는 주문으로 사용되었다고 합니다.

마하켄 다
프펠도운

마하켄 다 프펠도문

Mahaken da pepeldomoon

【슬픔과 고통을 잊게 해주는 주문】

아랍어

어반 일렉트로를 표방하는 5인조 보이 그룹 뉴이스트^{NU'EST}
의 노래 〈여왕의 기사〉에 쓰인 가사로 화제가 되었습니다.

루프레텔캄

루프레텔캄
Roopretelcham

【모든 것이 이루어지게 하는 주문】

출처 미상

당신은 무엇을 이루고 싶은가요? 간절한 마음을 담아 주문을 외워 보세요.

알흐묘라

★

알로호모라
Alohomora

【자물쇠로 잠긴 문을 여는 주문】

아프리카어 시디키 방언

영화 〈해리 포터와 마법사의 돌〉에서 잠긴 문을 열며 사용한 주문입니다. 닫혀 버린 마음의 문을 열고 싶을 때도 한번 사용해 보세요.

옴 기리나라 모나라 훔 바탁
Om kirlara modra humphat
(옴 끼를라라 모드라 훔파뜨)

【관세음보살 견색수羂索手 진언】

산스크리트어

마음의 불안에서 벗어나 고요함과 평온함을 구하는 진언입니다.

진언眞言은 산스크리트어로 '만트라Mantra'를 의미합니다. 다라니陀羅尼라고도 하는데, 산스크리트어를 번역하지 않고 음만 그대로 외는 것입니다. 진언은 부처님과 부처님을 보좌하는 보살들의 공덕과 능력이 함축된 신비한 언어입니다. 대승 불교에서는 진언을 외는 것을 수행으로 여길 만큼 중요하게 생각합니다.

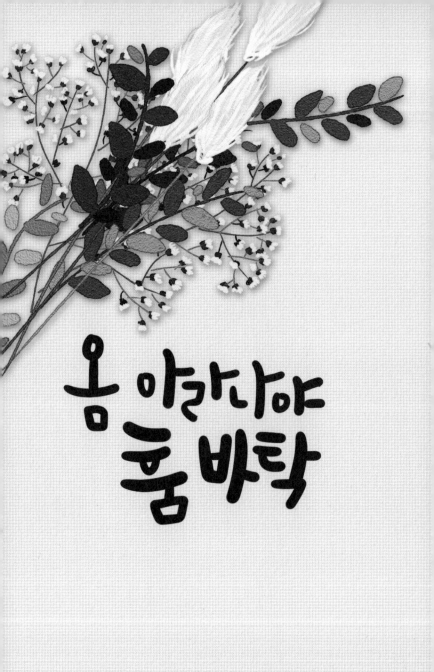

옴 아가야
움 바탁

옴 아라나야 훔 바탁

Om jranaya humphat

(옴 즈라나야 훔파뜨)

【관세음보살 시무외수施無畏手 진언】

산스크리트어

두려운 곳에 처했을 때 마음의 평온함을 얻는 진언입니다.

옴 가마라
사바하

옴 가마라 사바하
Om kamala svaha
(옴 까말라 쓰봐하)

【관세음보살 보전수寶箭手 진언】

산스크리트어

좋은 친구를 만나게 해주는 진언입니다.

옴 미반라
나락사 바아라
만다라 훔 바탁

옴 미보라 나락사 바아라 만다라 홈 바탁

Om visphurada raksa vajra mandhala humphat

(옴 비쓰푸라다 락싸 봐즈라 만달라 홈파뜨)

【관세음보살 보경수寶鏡手 진언】

산스크리트어

넓고 큰 지혜를 얻고자 하는 진언입니다.

음 바아라계
담아예
사바하

옴 바아라녜 담아예 사바하
Om vajra netam jaye svaha
(옴 봐즈라 네땀 자예 쓰봐하)

【관세음보살 보인수寶印手 진언】

산스크리트어

말을 아름답고 교묘하게 잘하도록 해주는 진언입니다.

옴 아례
삼만염
사바하

옴 아례 삼만염 사바하
Om gre sammamyam svaha
(옴 그레 쌈맘얌 쓰봐하)

【관세음보살 보병수寶瓶手 진언】

산스크리트어

가족이 화합을 도모하도록 해주는 진언입니다.

나무아미타불
관세음보살

★

나무아미타불 관세음보살
Namas Amitābha Avalokiteśvara
(나마스 아미따브하 아발로끼떼슈바라)

【현실에서 고통받는 중생을 구원하는 주문】
산스크리트어

불교에서 지향하는 극락정토에 이르기 위해서는 부처님의 가르침을 배우고 행해야 합니다. 어려운 원문을 읽기 힘든 대중이 손쉽게 이름을 외우고 마음에 새기도록 '나무아미타불南無阿彌陀佛' 6글자를 되뇌게 하였습니다.

'나무南無'는 산스크리트어 '나마스'를 옮긴 것으로 '귀의하다', '의지하다'라는 뜻입니다. 아미타불阿彌陀佛은 극락정토를 관장하는 부처님입니다. 관세음보살觀世音菩薩은 현세에서 고통과 번민에 괴로워하는 중생을 구원해 주는 따사로운 자비를 가지고 있습니다.

'나무아미타불 관세음보살'은 극락세계를 관장하는 아미타
불과 현세에서 중생을 돌보는 관세음보살을 믿고 의지한다는
뜻입니다.

수리수리
마하수리
수리
사바하

수리수리 마하수리 수수리 사바하

Sri sri maha sri susri svaha

(쓰리 쓰리 마하쓰리 쑤쓰리 쓰봐하)

【깨끗하고 깨끗하게 무한하도록 깨끗하게】

산스크리트어

《천수경》에서 가장 처음 나오는 진언이 '정구업진언淨口業眞言'입니다. 입으로 짓는 네 가지 업인 망어妄語, 악구惡口, 양설兩舌, 기어綺語를 청정하게 해줍니다. 타인을 이롭게 하는 말, 아름답고 훌륭하고 멋진 말, 남이 듣기 좋은 말, 칭찬하는 말을 하여 구업을 깨끗이 씻기를 바란다는 의미이지요.

아제 아제
바라아제
바라승아제
모리 사바하

★

아제 아제 바라아제 바라승아제 보리 사바하
Gate gate paragate parasamgate bodhi svaha
(가떼 가떼 빠라가떼 빠라쌍가떼 보디 쓰봐하)

【부처님의 경지(모든 번뇌를 버린 열반의 세계)로 나아가자】

산스크리트어

'아제 아제 바라아제 바라승아제 보리 사바하揭諦 揭諦 波羅揭 諦 波羅僧揭諦 菩提 娑婆訶'는 산스크리트어를 해석하지 않고 원음에 가까운 한자를 찾아서 발음 나는 대로 옮겨 적은 것입니다. 《반야심경》의 맨 마지막에 세 번 반복되는 구절입니다. 굳이 해석하자면 '가니 가니, 건너가니, 건너편에 닿으니 깨달음이 있네. 이루어지이다'입니다.

가장 밝고 높아 그 어떤 것과도 비교할 수 없는 신비한 진언으로 현세의 온갖 고통, 괴로움을 없애 진실함의 경지에 다다른다는 의미입니다.

★

옴 마니 반메 훔
Om mani padme hum
(옴 마니 빠드메 훔)

【부처님의 자비와 큰 사랑이 온 우주에 미치다】

산스크리트어

옴은 우주를, 마니는 지혜를, 반메는 자비를, 훔은 마음을 뜻합니다. 우주의 지혜와 자비가 우리의 마음에 널리 퍼진다는 의미를 갖습니다.

길가의 돌에도 새길 만큼 티베트 땅 어디에서나 흔하게 볼 수 있는 진언입니다. 티베트 사람들은 불경 문구가 새겨진 마니차摩尼車를 돌리면서 '옴 마니 빠드메 훔'을 외웁니다. 마니차 한 바퀴를 돌리면 경전을 한 번 읽은 것과 같은 효과가 있다고 믿습니다. 문맹률이 높았던 티베트 사람들에게 내적인 동참을 이끌기 위한 방편이었다고 합니다.

하쿠나
마타타

★

하쿠나 마타타
Hakuna matata

【걱정 마, 다 잘될 거야】

스와힐리어

디즈니 애니메이션 〈라이언 킹〉에 삽입된 사운드 트랙에서 멧돼지 품바가 주인공인 사자 심바를 위로하기 위해 부른 노래입니다. 영어의 'No problem'과 유사한 뜻이죠. 지미 클리프와 레보 M이 부른 노래는 아카데미상 주제가상 후보에 오르기도 했습니다.

영화 〈미녀는 괴로워〉에서 주인공 한나(김아중 분)가 '하쿠나 마타타'의 의미를 상징하는 그림을 그리며 마음의 안정을 추구했던 장면으로도 유명합니다.

비비디
바비디부

비비디 바비디 부
Bibbidi-bobbidi-boo

【소망과 바람이 이루어지는 주문】
출처 미상

원래 1948년 알 호프만과 맥 데이비드, 제리 리빙스톤이 만든 노래 제목인데, 1950년에 개봉된 디즈니 애니메이션 〈신데렐라〉에 사용되었습니다. 왕자의 파티에 참석하지 못해 실망한 신데렐라 앞에 요정이 나타납니다. 요정은 '비비디 바비디 부'를 외우며 호박을 마차로, 동물들을 마부로, 해진 옷을 멋진 드레스로 바꿔 주지요.

노래의 첫 구절은 "Sala-gadoola-menchicka-boo-la bibbidi-bobbidi-boo"입니다. 글 자체로는 아무 의미가 없습니다.

아수라 발발타
Asura balbalta

【소원을 이루어 주는 주문】
출처 미상

영화 〈타짜〉에서 주인공 고니(조승우 분)가 스승인 평경장(백윤식 분)에게 화투를 배웁니다. 이때 평경장이 화투를 섞으며 외우는 주문이 '아수라 발발타'입니다.

힙합 듀오 리쌍의 정규 7집 제목이기도 합니다.

참고로 아수라阿修羅는 불법을 수호하는 사천왕四天王에 딸린 팔부八部 중 하나로 늘 싸우기를 좋아하는 신장神將입니다.

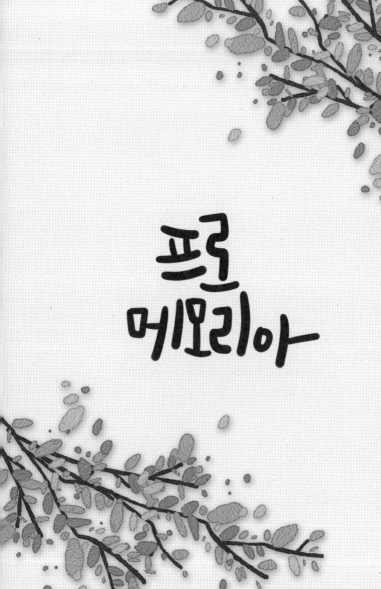

푸른
메모리아

★

프로 메모리아
Pro memoria

【기억을 위해서】

라틴어

여기서 기억이란 소중하게 간직할 '추억'을 함축적으로 나타냅니다. 나중에 기억하기 위해 현재를 산다는 의미라기보다는 살면서 뭔가 의미가 있거나 기억에 남을 만한 좋은 일을 통해서 훗날 웃음 지을 수 있기를 바라는 마음입니다.

세렌디피티

세렌디피티
Serendipity

【뜻밖의 행운】
영어

'뜻밖의 발견, 의도치 못한 행운'을 의미합니다. 피터 첼솜이 감독한 영화 〈세렌디피티〉가 있습니다. 단어의 표면적인 뜻과는 달리 영화에서의 우연 같은 현실은 사실 필연으로 이뤄집니다. 우연은 나 또는 누군가의 작고 큰 생각과 행동들이 만들어 낸 것이죠.

행운도 예고 없이 찾아옵니다. 인생이란 기대한다고 모두 이뤄지지 않으며, 바라지 않는다고 발생할 일이 발생하지 않는 것도 아닙니다. 무슨 일이든 온전히 나만의 능력으로 되지 않지요. 나와 관계된 모든 것에서 영향을 받습니다. 그래서 우리는 행운이 오면 감사하는 것입니다.

★

데오 볼렌테
Deo volente

【신의 뜻대로】

라틴어

신앙이 돈독한 사람들이 종종 하는 말이 있습니다.

"지금 주어진 시련이 신의 뜻이라면 저는 묵묵히 견뎌 내겠습니다."

주어진 현실과 운명을 따를 수밖에 없는 상황에서 신의 뜻을 떠올립니다. 신은 더 강하게, 더 진실되게, 더 크게 성장하도록 내게 고통과 시련을 주시죠. 어떤 경우라도 변함없이 신을 믿고 의지하겠다는 절실한 신앙을 표현하는 말입니다.

루 체 인

알 디 스

★

루체 인 알티스
Luce in altis

【더 높은 곳에서 빛나라】

라틴어

꿈의 세계는

삶의 목표를 향해

두려움의 징검다리를 건널 때

내게로 향합니다.

알지라
페다무스

알치오라 페타무스

Altiora petamus

【더 높은 것을 찾게 하소서】

라틴어

현실의 장벽에 갇힐 때마다

당신이 품었던 높은 꿈을 떠올려 보세요.

저 높고 푸른 하늘이 당신의 꿈을 향해 미소 지을 것입니다.

퍼르 아르두아
아드 아스트라

페르 아르두아 아드 아스트라
Per ardua ad astra

【역경을 헤치고 별을 향하여】

라틴어

밤하늘에 별 하나가 반짝이네요.

내 마음을 알아챈 걸까요?

인 라피뎀

In lapidem

【돌처럼】

라틴어

아무리 힘든 일이 닥쳐도 돌처럼 굳은 의지와 강한 신념 앞
에선 단지 스쳐 가는 비와 같습니다.

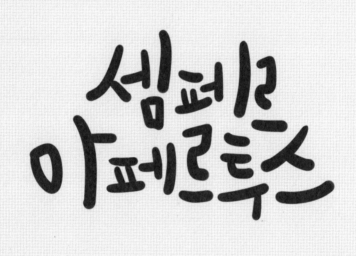

셈페르
아페르투스

★

셈페르 아페르투스
Semper apertus

【언제나 열려 있는】

라틴어

세계적인 문호 괴테가 사랑했던 낭만의 도시 하이델베르크. 그곳에는 독일에서 가장 오래된 대학교인 하이델베르크 대학교가 있습니다. 작곡가 슈만, 화학 주기율표를 만든 멘델레예프, 대륙 이동설의 베게너 등이 다닌 학교입니다. 헤겔, 야스퍼스, 막스 베버 등 위대한 철학자들이 교수를 지낸 곳이기도 합니다. 하이델베르크 대학교의 모토가 바로 '셈페르 아페르투스'입니다.

★

알리스 볼라트 프로프리이스
Alis volat propriis

【자신의 날개로 날다】

라틴어

별과 새에겐 같은 점이 있습니다.

별은 스스로 빛을 내고

새는 스스로 날갯짓을 합니다.

우리가 별을 노래하고 새를 동경하는 것은

인간이 지향하는 최상의 가치가 자유이기 때문입니다.

시티우스, 알티우스, 포르티우스
Citius, Altius, Fortius

【보다 빠르게, 보다 높이, 보다 강하게】

라틴어

올림픽 정신이자 모토이기도 합니다. 1894년 국제올림픽 위원회[IOC]가 창설되고 나서 도미니크 수도회의 앙리 디동이 최초로 제안하였습니다. 그의 친구인 쿠베르탱이 채용한 후 1924년 프랑스 파리에서 열린 하계 올림픽에 최초로 쓰였다고 합니다.

★

큐베카
Qhubeka

【앞으로 나아가다】

아프리카 응구니어

남아프리카공화국에 있는 비영리 재단인 '큐베카'는 아프리카의 오지를 돌며 취약 계층에게 자전거를 보급하는 일을 하고 있습니다. 대부분의 아프리카 농촌 사람들은 편리한 교통수단을 쉽게 접하지 못합니다. 특히 농촌 학생들은 먼 거리를 걸어서 통학해야 해서 결국 학교를 포기하는 경우도 많다고 합니다. 학생들은 미래의 희망입니다. 그 희망이 계속 앞으로 나아갈 수 있도록 인류애를 발휘하여 함께 이 주문을 외워 보세요.

팍슘
데쿰

★

팍스 테쿰
Pax tecum

【평화가 당신과 함께】

라틴어

1802년 발견된 성녀 필로메나의 벽감 묘소에는 'Pax Tecum Filumena'라는 글자가 새겨져 있었습니다. 필로메나는 기독교가 로마에게 박해받던 당시 순교한 사람으로, 유해를 이전할 때 많은 기적이 일어나 성녀로 추앙되었습니다.

가우데아무스
이기투르
이우베네스
둠 수무스

가우데아무스 이기투르 이우베네스 둠 수무스

Gaudeamus igitur iuvenes dum sumus

【즐거워하자, 우리 젊은 날 동안】

라틴어

노래 〈Gaudeamus Igitur〉는 유럽에서는 전통적인 학생 찬가입니다.

사람들은 대개 젊어서 고생을 참으면 나이가 들어 편히 살겠거니 생각합니다. 하지만 주변 환경과 여건이 따라 주지 않는 경우가 많죠. 젊음이라는 소중한 시절은 다시 오지 않습니다. 나중을 생각해서 현재를 무조건 희생하기보다는 '지금' 이 순간을 즐기고 행복을 추구하면 소중한 시간은 더욱 빛을 발할 것입니다.

루체테

★

루체테
Lucete

【밝게 빛나라】

라틴어

어두컴컴한 밤이 오고 칼바람 몰아치는 겨울이 와도 견딜
수 있는 까닭은 그 뒤에 올 빛이 밝으리란 걸 알기 때문입니다.

★

와카와카
Waka waka

【힘내라, 가서 싸우라】

아프리카 팡어

〈Waka waka〉는 콜롬비아 태생의 라틴 팝 가수 샤키라가 부른 노래입니다. 2010년 남아공 월드컵 공식 주제가로도 알려졌습니다. 이 노래는 1986년에 카메룬에서 히트한 〈Zamina mina(Zangaléwa)〉를 변형한 것으로 알려져 있습니다.

★

티라미슈
Tiramisu

【나를 끌어올리다】

이탈리아어

tirare(끌어올리다)+mi(나를)+su(위로)의 합성어입니다.

입에 넣으면 스르르 녹아드는 감미로운 티라미슈는 피하기 힘든 맛이죠. 원뜻은 '나 자신을 위로 끌어올리다'입니다. 정신적인 성장을 통해 세상을 통찰하고, 수많은 깨달음을 통해 올바른 가치와 균형 잡힌 사고를 형성하여 삶의 변화를 이끌도록 합니다.

레노
바지오

레노바치오
Renovatio

【다시 태어나다】

라틴어

당신은 과거의 자신 대신 다시 태어난다면 어떤 모습을 꿈
꾸시나요?

PART
3

세상의
모든 지혜를
찾아서

오디에 미키,
크라스 티비

오디에 미키, 크라스 티비
Hodie mihi, cras tibi

【오늘은 나에게, 내일은 당신에게】
라틴어

대구 남산동에 위치한 천주교 대구대교구청의 성직자 묘지 입구에는 두 개의 기둥이 있습니다. 왼쪽 기둥에는 'HODIE MIHI'가, 오른쪽 기둥에는 'CRAS TIBI'가 새겨져 있지요. 지금은 고이 잠든 영혼이지만 우리도 언젠가는 그들처럼 한 줌의 흙으로 돌아가야 합니다. 꽃이 아름다운 이유는 시듦이 있기 때문입니다.

★

아모르파티
Amor fati

【네 운명을 사랑하라】
라틴어

'운명애運命愛'라고 번역되어 니체의 운명관을 나타내는 말입니다. 니체는 운명에 묵묵히 따르기보다 진심으로 받아들여 사랑해야 창조성이 나온다고 주장했습니다. 운명은 변화무쌍한 도깨비와 같다고 볼테르가 말했습니다. 정신이 혼미하면 도깨비에게 홀립니다. 운명의 장난에 말려드는 것이죠. 정신이 맑으면 도깨비는 어른거리지 않죠. 내가 운명의 수레를 이끈다 생각하세요.

솔룸 옴니움 루멘
Solum omnium lumen

【태양은 모든 곳을 비춘다】

라틴어

지금 있는 곳이 차가운 그늘이더라도 좌절하지 마세요.
언젠가는 반드시 빛이 들 날이 올 것입니다.

악타 논 베르바
Acta non verba

【말보다 행동으로】

라틴어

우리는 말만 잘하는 사람보다 묵묵히 행동으로 실천하는 사람을 신뢰합니다.

폴레
폴레

★

폴레 폴레
Pole pole

【천천히 천천히】

아프리카 스와힐리어

아프리카인들의 시간 개념은 우리와 사뭇 다릅니다. 그들은 똑딱 똑딱 시, 분, 초 단위로 변화하는 시계의 시간보다 해와 달이라는 자연의 시계로 세상을 삽니다. 그래서 약속 시간을 정확하게 잡기 어려운 구조입니다. 우리의 시간 개념에 맞춰 아프리카인들에게 왜 늦었냐고 물으면 그들은 천연덕스럽게 말합니다.

"하라카 하라카 하이나 바라카Haraka haraka haina baraka."

'서두름에는 축복이 깃들지 않는다'는 뜻입니다.

그리곤 한 마디 더 덧붙입니다.

"폴레 폴레 은디오 무웬도Pole Pole ndio mwendo."

'천천히 해도 결국은 된다'는 의미로, 서두르지 않아도 어차피 세상일은 이뤄지기 마련이라는 의미입니다.

오 쿼쿼
트란시비트

오크 쿼퀘 트란시비트
Hoc quoque transibit

【이 또한 지나가리라】

라틴어

골리앗을 물리친 다윗은 지혜의 왕 솔로몬의 아버지입니다. 어느 날 다윗은 크게 승리한 전쟁을 기념하기 위해 반지 제작을 세공사에게 의뢰합니다. 승리에 자만하지 않고 절망스러울 때 힘이 될 문구를 반지에 새기도록 명령하지요. 반지 제작에는 최고의 기술을 가지고 있던 세공사는 고민 끝에 솔로몬에게 도움을 요청합니다. 솔로몬이 말했습니다.

"Hoc quoque transibit."

과거에 도취되지도 않고 그렇다고 현실에 좌절하지도 않는 이중의 의미가 담긴 세기의 명언은 이렇게 탄생했습니다.

아우덴테스 포르투나 유바트

Audentes fortuna iuvat

【운명은 용기 있는 자를 돕는다】

라틴어

우리가 누리는 세상은 한때 미지의 세상에 뛰어든 용감한 사람들이 있었기에 존재합니다. 아직도 세상은 열리지 않은 영역이 열린 영역보다 큽니다. 용기를 가지고 빈 영역을 채우려 할 때 운명의 신도 함께 따릅니다.

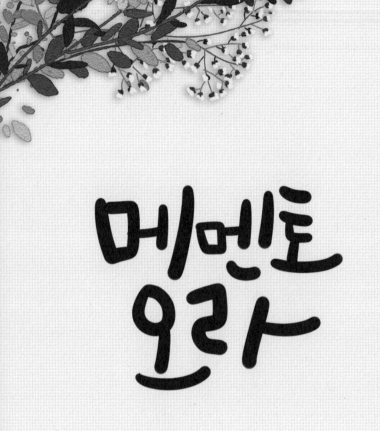

★

메멘토 오라
Memento hora

【시간을 기억하라】

라틴어

체코의 쿠트나호라 시에 위치한 코스트니체 세드렉^{Kostnice} ^{Sedlec}, 일명 해골 성당은 4만여 구의 해골로 장식되어 있어 보기만 해도 섬뜩해집니다. 14세기 전 유럽 인구의 1/3을 죽음으로 내몰았던 흑사병의 잔재가 남겨진 곳이죠. 이후 15년간 지속된 후스 전쟁으로 인한 많은 사상자들도 이곳에 묻혔습니다. 오랜 세월이 흐른 1870년, 사상자들의 뼈들은 한 조각가에 의해 예술 작품의 공간으로 다시 태어났습니다.

시간은 '과거'이기도 하지만 '미래'이기도 합니다. 인간은 언젠가는 죽습니다. 뼈만 앙상하게 남은 과거의 유골들처럼 미래 어느 시점에 결국 같은 길을 걷게 됩니다. '메멘토 오라'는 시

간을 되새기면서 한순간도 헛되이 보내지 말라는 무언의 암시
처럼 들립니다.

네 쿼드 니마스

네 퀴드 니미스
Ne quid nimis

【무슨 일이든 지나치지 않게】

라틴어

'중용'의 개념과 비슷한 말이죠. 아무리 좋은 것도 지나치면 독이 됩니다. 물론 '지나치지 않을 만큼'이라는 주관적인 기준은 늘 고민이기도 하죠. 오로지 자신만이 내릴 수 있는 기준입니다. 넘치기보다는 차라리 조금 모자라는 것이 낫습니다.

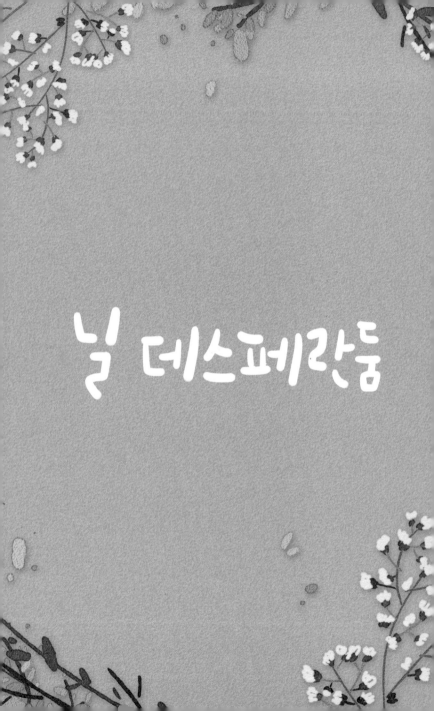

닐 데스페란둠

닐 데스페란둠

Nil desperandum

【절대 절망하지 말라】

라틴어

덴마크의 철학자 키르케고르는 절망은 '죽음에 이르는 병'
이라 했습니다. 인간이기에 절망에 빠지지만, 역시 인간이기에
절망에서 벗어나 희망을 가지는 것입니다.

페스티나
렌테

★

페스티나 렌테
Festina lente

【천천히 서둘러라】

라틴어

　로마 제국의 초대 황제인 아우구스투스의 명언으로 연금술
사들의 좌우명이기도 했습니다. 신중한 서두름으로 해석되는
이 말은 서로 앞뒤가 맞지 않는 역설적 표현이죠. 바쁠수록 돌
아가라는 우리 속담처럼 고대 연금술사들은 인내심을 가지고
때를 기다렸습니다.

사피엔스
입세 핑지트
포르투남시비

★

사피엔스 입세 핑지트 포르투남 시비

Sapiens ipse fingit fortunam sibi

【현명한 사람은 스스로 운명을 만든다】

라틴어

신은 인간을 창조했습니다. 하지만 운명은 인간에게 맡겨 두었죠. 운명이 당신을 이끌게 할지, 당신이 운명을 이끌지는 오직 당신의 마음에 달려 있습니다.

둠스피로
스페로

★

둠 스피로 스페로
Dum spiro spero

【숨을 쉬는 한 나는 희망한다】

라틴어

'둠 비타 에스트 스페스 에스트^{Dum vita est spes est}, 생명이 있는 한 희망은 있다'와 비슷한 말입니다.

어두운 밤일수록 한 줄기 작은 빛은 더 잘 보입니다. 생명을 다하는 최후까지 절대 희망을 놓지 마세요.

알레아
이약타
에스트

알레아 이악타 에스트

Alea iacta est

【주사위는 던져졌다】

라틴어

로마의 정치가이자 탁월한 전략으로 각종 전쟁을 승리로 이끈 군인이기도 했던 율리우스 카이사르. 그는 원로원의 후원을 받고 있던 삼두 정치의 한 축인 폼페이우스와 대립하였습니다. 원로원은 갈리아 지방으로 원정을 떠난 그에게 군대를 해산하고 로마로 돌아오라는 명령을 합니다. 그는 군대를 이끌고 갈리아와 이탈리아를 가르는 루비콘 강을 건넙니다. 반역이나 다름없는 일대 모험을 감행하면서 그가 남겼던 말입니다. 이 말은 고심 끝에 어떤 결심을 한 후 닥쳐올 운명과 맞설 것을 각오할 때 주로 사용하게 되었습니다.

아르스 롱가
비타 브레비스

아르스 롱가 비타 브레비스
Ars longa vita brevis

【예술은 길고 인생은 짧다】

라틴어

히포크라테스가 남긴 말로, '의술은 평생 공부해도 모자르다'는 뜻이 시간이 지나면서 의미가 확대되었습니다. 'ars'라는 단어는 기술, 의술 외에도 예술이라는 의미가 포함되어 있습니다.

스페로
인페르스티스
메 투오
세쿨 디스

스페로 인페스티스 메 투오 세쿤디스

Spero infestis me tuo secundis

【번영 속에서 두려워하고, 역경 속에서 희망한다】

라틴어

태양이 밝게 비추어도 그늘은 생기며,
혹한 겨울의 땅속에서도 씨앗은 싹이 날 때를 기다립니다.

스펨
프레치오
에메레

스펨 프레치오 에메레
Spem pretio emere

【불확실한 것을 쫓느라 확실한 것을 버리다】
라틴어

확실해 보이는 것은 답을 알기 때문입니다. 불확실해 보이는 것은 답을 알 수 없죠. 사람들은 확실한 것을 추구합니다. 대신 치열한 경쟁을 치릅니다. 확실한 것에 안주하지 않고 불확실한 미지의 세상을 열어 나가야 인생의 꽃이 피어납니다.

아우트
인베니암
비암 아우트
파치암

★

아우트 인베니암 비암 아우트 파치암

Aut inveniam viam aut faciam

【길을 찾아내든가, 아니면 만들라】

라틴어

무적의 강대국이었던 로마를 한때 멸망의 위기까지 몰아세 웠던 카르타고의 전설적인 명장 한니발. 한니발은 로마가 전 혀 예측하지 못한 길을 선택하였습니다. 해상이 아닌 육로, 그 것도 만년설이 뒤덮인 알프스 산맥을 넘어서 방심하던 로마를 공격했죠. 신의 한 수라 하겠습니다. 무리한 행군으로 많은 희 생을 치렀지만 역사적인 승리를 거둡니다. 한니발이 코끼리와 병사들을 이끌고 알프스 산맥을 넘어 강행군을 하면서 했던 말이 바로 'Aut inveniam viam aut faciam'입니다.

팍 오디에
푸지트 엑논
레디투라 디에스

★

팍 오디에, 푸지트 엑 논 레디투라 디에스
Fac hodie, fugit haec non reditura dies

【오늘 행하라, 이 날은 달아나 다시 돌아오지 않으리】

라틴어

현재는 희생의 대상이 아닙니다.

미래는 희생의 대가도 아닙니다.

오직 지금 이 순간만이 삶의 이유입니다.

파타 레군트
오르벰, 체르타
스탄트 옴니아
레제

★

파타 레군트 오르벰, 체르타 스탄트 옴니아 레제
Fata regunt orbem, certa stant omnia lege

【불확실한 것은 운명이 지배하는 영역, 확실한 것은 인간의 재주가 관할하는 영역】
라틴어

"나의 소망은 목숨이 붙어 있는 한 신들이 계속 나에게 마음의 평정과 함께 인간의 법을 이해하는 능력을 주는 것뿐이다."

로마 제국 제2대 황제인 티베리우스가 한 말입니다. 이 격언만큼 그에게 어울리는 말이 없다 합니다. 그는 인재를 능력 위주로 적재적소에 배치하는 것을 원칙으로 삼았습니다. 출신 성분으로 불이익을 주지 않았다고 평가받습니다. 세금을 새롭게 신설하는 일을 하지 않았으며, 기존 세금의 세율을 올리지도 않았다고 합니다. 불확실한 운명이 확실성을 갖도록 노력했던 그의 의지가 2천 년이 지난 뒤에도 여전히 큰 울림으로 남아 있습니다.

피아트
위스티치아
루아드 첼룸

피아트 유스티치아 루아트 첼룸

Fiat justitia ruat caelum

【하늘이 무너져도 정의를 세워라】

라틴어

독일 철학자 칸트의 명언으로 법조인에게 가장 요구되는 덕목입니다. 정의^{Justice}는 정의와 법을 담당하는 여신^{Justitia}에서 유래되었는데요. 정의의 여신은 왼손에 저울을, 오른손에 칼을 들고 있는 맹인으로 표현됩니다. 헝겊으로 눈을 가리는 상도 있지요. 저울은 공평성을, 칼은 엄정한 집행력을 상징합니다.

★

아베 암비치오넴 에트 아르도렘

Habe ambitionem et ardorem

【야망과 열정을 가져라】

라틴어

젊음이란 숫자로 세는 것이 아닙니다.
야망과 열정으로 세는 것입니다.

넥 스페,
넥 메투

넥 스페, 넥 메투

Nec spe, nec metu

【꿈도 없이, 두려움도 없이】

라틴어

이사벨라 데스테의 서재에 동판으로 새겨진 문구입니다. 그녀는 열렬한 예술인 후원가, 미술품 수집가이며 음악, 미술, 인문 등 수준 있는 교육을 받으며 지적인 재능을 펼쳤던 사람입니다. 이탈리아 북부의 작은 도시 만토바를 피렌체에 버금가는 유서 깊은 도시로 성장시켰죠.

화려한 삶을 살았던 그녀가 '꿈도 없이, 두려움도 없이'를 삶의 모토로 삼았다니 다소 의외로 생각될지도 모릅니다. 사실 꿈이 생기면 도전하는 삶이 되겠지만, 한편으로는 꿈을 훼손하는 많은 것들에 두려움을 갖게 됩니다. 여기서 꿈은 'Dream'이 아닌 'Hope'를 말합니다. 바라는 것, 나아가 더 큰 욕심처럼 현재 자신의 능력을 초월한 어떤 기대를 의미합니다. 그런 것들을 떨쳐 내고 오로지 현실에 충실하며 두려움 없이 살겠다는 의지의 표상입니다.

옴니움 레룸
프링치피아
파르바 순트

옴니움 레룸 프링치피아 파르바 순트

Omnium rerum principia parva sunt

【모든 것들은 작게 시작한다】

라틴어

로마 제국의 탁월한 웅변가이자 정치가인 키케로의 명언입니다. 아무리 위대하고 커다란 과업도 작은 계기나 동기에 의해 시작한다는 의미입니다. 현재 하고 있는 일이 사소하게 보이더라도 언젠가 크게 이루리라는 꿈을 가지세요.

로마논
우노디에
에디피카타
에스트

로마 논 우노 디에 에디피카타 에스트

Roma non uno die aedificata est

【로마는 하루아침에 이루어지지 않았다】

라틴어

세상에는 하루아침에 이뤄지는 위대한 일이란 없습니다.
크고 작은 축적의 시간들이 탑을 쌓습니다.

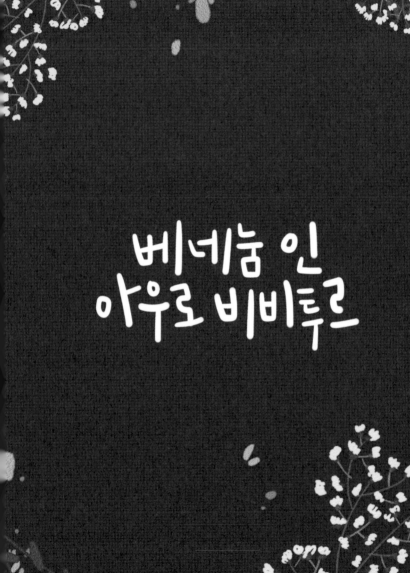

베네눔 인
아우로 비비투르

베네눔 인 아우로 비비투르
Venenum in auro bibitur

【독은 금잔에 담겨서 마셔진다】

라틴어

네로 황제의 스승이자 스토아학파 철학자인 세네카의 명언입니다. 겉으로 화려해 보이는 포장의 이면을 경계하라는 의미입니다.

잇 에인트 오버
틸 잇즈 오버

잇 에인트 오버 틸 잇즈 오버
It ain't over till it's over

【끝날 때까지는 아직 끝난 것이 아니다】

영어

포수로 앉아 있는 모습이 요가하는 모습 같다 해서 요기 베라로 불렸던 로렌스 베라. 그는 등 번호 8번이 영구 결번이 될 만큼 미국 프로 야구에서 명포수로 활약했습니다. 그가 뉴욕 메츠의 감독으로 있던 시절에 시즌 중반이 되도록 팀 성적이 부진했습니다. 한 기자가 시즌이 끝난 후의 거취를 묻자 그가 대답한 말입니다. 결국 그의 팀은 월드 시리즈 준우승으로 시즌을 마감했습니다.

쿼 세라
세라

★

퀘 세라 세라
Que sera sera

【어떻게든 되겠지】

스페인어

'무엇이든 될 대로 되겠지'라는 의미입니다. 영어로는 'Whatever will be' 정도로, 너무 걱정을 하거나 반대로 과하게 낙천적으로 생각하더라도 어쨌든 그 일은 벌어진다는 말입니다. 스페인어에서 차용되었다고는 하나 문법적으로 맞지는 않습니다. 이탈리아어에서 영감을 얻었다는 말도 있습니다.

히치콕 감독의 영화 〈나는 비밀을 알고 있다〉에서 주연으로 출연한 도리스 데이가 부른 주제가이며 아카데미상을 받았습니다. 박지성이 활약했던 잉글랜드 프리미어 리그의 맨체스터 유나이티드 팀의 응원 구호이기도 하죠.

아시두아 스틸라
삭슘 엑스카바트

아시두아 스틸라 삭숨 엑스카바트
Assidua stilla saxum excavat

【 끊임없는 물방울이 바위를 뚫는다】
라틴어

바닷가를 산책하다 보면 에메랄드빛 조각을 발견하기도 하죠. 사실은 날카로운 음료수 병 조각을 오랫동안 파도가 매만진 것입니다. 부드러움이 강함을 이기는 법이죠. 물론 부드러움뿐만 아니라 오랜 시간 반복되는 노력이 병행되어야 합니다.

안녀스
프로두치르
논 아제르

안누스 프로두치트 논 아제르

Annus producit non ager

【밭이 아니라 그 해에 달렸다】

라틴어

밭은 출신, 가문, 혈통처럼 태생적으로 타고난 능력을 상징합니다. 해는 노력, 교육처럼 후천적으로 얻는 능력입니다. 아무리 터가 좋은 땅이라도 가뭄이 들거나 태풍이 몰아치는 등한 해의 기후가 나쁘면 수확은 기대할 수 없지요. 반대로 아무리 터가 나쁜 땅이라도 볕이 잘 들고 비가 적절하게 내리면 농작물은 풍성해집니다.

부디

야다

★

붐디야다

Boom de ya da

【나는 세상을 사랑합니다】

아프리카어

　디스커버리 채널의 CM송에 들어간 중독성 있는 후렴구로 인기를 모았죠. 아프리카어인 붐디야다가 특별히 공감되는 이유는 인류가 최초로 나타난 발상지가 아프리카이기 때문입니다. 아프리카는 지구에 생존하고 있는 인간에게는 고향 같은 곳입니다. 문명 발전에 따른 환경 오염이 지구를 멍들게 하는 지금, 생명이 숨 쉴 수 있도록 회복과 치유가 필요합니다.

푸바비앙

뚜바비앙
Tout va bien

【모든 게 잘될 거야】

프랑스어

  힘들고 지치거나 두렵고 외로울 때 큰 위로가 되어 주는 말이지요. 1972년 이브 몽탕과 제인 폰다가 주연한 영화 제목이기도 합니다.

과 비탈
에 벗라

라 비타 에 벨라
La vita e bella

【인생은 아름다워】

이탈리아어

이탈리아의 찰리 채플린이라 불리는 로베르토 베니니가 감독 겸 주연을 맡은 영화의 제목이기도 하죠. 특히 영화 주제가가 참 맑고 듣기 좋습니다.

나치의 유대인 대학살이 자행되던 2차 세계 대전을 배경으로 합니다. 수용소에 갇힌 주인공은 죽음을 맞이하는 순간까지도 유머와 긍정적인 낙천성을 잃지 않지요. 아내와 아들에 대한 사랑을 끝까지 포기하지 않았던 주인공의 아름다운 희생이 돋보입니다.

카르페
디엠

★

카르페 디엠
Carpe diem

【현재를 즐겨라. 이 순간에 충실하라】

라틴어

영화 〈죽은 시인의 사회〉에서 키팅 선생님이 학생에게 자주 전한 말로 알려졌죠. 로마의 시인 호라티우스의 시 구절에서 유래되었습니다.

"Carpe dium, quam minimum credula postero.
오늘을 잡아라. 내일은 가능한 조금만 믿어라."

PART

4

영원한
믿음 안에서

피아트 룩스

★

피아트 룩스
Fiat lux

【빛이 있으라】

라틴어

《성경》〈창세기〉1장 3절에 나오는 말입니다.
"dixitque Deus fiat lux et facta est lux.
하느님이 빛이 있으라 말씀하시니 빛이 생겼다."

루멘 인
첼로

루멘 인 첼로

Lumen in caelo

【하늘에서의 빛】

라틴어

빛은 생명입니다.

빛은 축복입니다.

빛은 사랑입니다.

엎고 숨
록스묻디

에고 숨 룩스 문디
Ego sum lux mundi

【나는 세상의 빛이다】
라틴어

《성경》〈요한복음〉 8장 12절에 나오는 구절입니다.

파이프가 1,450개나 되는 대형 파이프 오르간이 있는 대한성공회 서울주교좌성당은 덕수궁 뒤편에 자리하고 있습니다. 위에서 내려다보면 십자가형으로 건축된 성당은 우리나라 고유의 문창살 문양을 응용한 창문, 처마 모양을 본뜬 지붕 끝의 미려한 외관, 12사도를 상징하는 12개의 웅장한 기둥 등이 로마네스크 양식과 한데 어우러진 아름다운 유산이죠. 성당 안 중앙에는 전체적으로 황금색인 모자이크 그림이 있습니다. 그림 맨 위에 그려진 예수님이 왼손에 든 책에 'EGO SUM LUX MUNDI'라는 문구가 적혀 있습니다.

앗 살라무 알라이쿰
As salamu alaikum

【당신에게 하느님의 평화가 깃들기를】

아랍어

예수 탄생 2,000년을 기념하기 위해 성지 순례에 나선 교황 요한 바오로 2세는 이집트 카이로 공항에서 아랍어로 인사를 건넸습니다.

"앗 살라무 알라이쿰!"

'당신에게 하느님의 평화가 깃들기를'이라는 의미입니다. 덕분에 세간에 많이 알려진 이 말은 평소에도 이슬람 사람들이 자주 하는 인사말입니다.

와 알라이쿰 사람

와 알라이쿰 살람

Wa alaikum salam

【당신에게도 평화가 깃들기를】

아랍어

"앗 살라무 알라이쿰"에 대한 답례로 "와 알라이쿰 살람"이라고 하죠.

대개 '알라'를 이슬람교도가 믿는 고유의 신을 의미하는 고유 명사로 알고 있지요. 사실 알라는 특정한 신의 이름이 아니라, 영어 God에 해당하는 '신'을 뜻하는 일반 명사입니다. 신을 가톨릭에서는 하느님, 개신교에서는 하나님이라고 부르는 것처럼 말이죠. '알라=신=하나님=하느님=God'입니다.

맺음

마크툽
Maktub

【신의 뜻대로 하소서】
아랍어

'모든 것은 이미 기록되어 있다'는 뜻으로, 신의 뜻과 섭리를 온전히 받아들이겠다는 표현입니다. 신의 섭리라고 해서 마냥 체념하라는 말이 아닙니다. 인간에게는 스스로 선택하고 실행할 자유 의지가 있음을 명심해야 합니다.

파울로 코엘료가 지은 소설 제목이기도 합니다.

아드 마외렘
데이 글로리암

내 인생의 마법 주문

아드 마요렘 데이 글로리암
Ad majorem Dei gloriam

【하느님의 더 큰 영광을 위해】

라틴어

가톨릭교의 남자 수도회인 예수회Society of Jesus의 모토이며,
'AMDG'라는 약자를 사용하기도 합니다.

도미누스 일루미나치오 메아

Dominus illuminatio mea

【주는 나의 빛】

라틴어

세상에서 가장 아름다운 시로 일컬어지는 《성경》〈시편〉 27장 1절에 나오는 말입니다. 옥스퍼드 대학교가 모토로 삼고 있는 구절이기도 하지요.

★

시야함바
Siyahamba

【주의 빛 안에서 행진해】

아프리카 줄루어

〈시야함바〉는 아프리카 노래입니다. 합창으로 부르는 이 노래는 반복되는 노래 가사 중에 'Siyahamba ku kan yeni kwen kos'가 자주 나옵니다. 영어 가사 'We are marching in the light of God(우리는 주의 빛 안에서 행진합니다)'도 혼용되죠.

우리가 평소 무언가 간절히 바라고 원하는 바를 반복하며 말하듯이 단조롭게 반복되는 선율과 가사에도 간절함이 담겨 있습니다.

시드
비스
데쿰

시트 비스 테쿰
Sit vis tecum

【당신에게 힘이 함께하길】

라틴어

영화 〈스타워즈〉에 나오는 대사 'May the force be with you'를 라틴어로 옮긴 글입니다. 〈보니하니〉를 진행하는 이수민이 출연한 한 신발 광고에도 등장합니다. 모 브랜드의 신발을 신은 이수민이 공부를 잘하게 해 달라며 'Sit vis tecum'을 반복적으로 외우지요.

데우스
베네디카토
리비 쿵티스
디에부스

데우스 베네디카트 티비 쿵티스 디에부스

Deus benedicat tibi cunctis diebus

【당신의 앞날에 신의 은총이 가득하기를】

라틴어

서사극으로는 드물게 젊은 층을 안방으로 대거 끌어들여 인기리에 방영된 드라마 〈추노〉의 OST 〈바꿔〉의 도입부에 쓰이기도 했습니다.

인 데 오
스페라무스

인 데오 스페라무스

In Deo speramus

【우리가 의지하는 하느님 안에서】

라틴어

'안'은 안內의 의미도 있지만 안安의 의미도 있습니다. 그래서 '집안'은 세상에서 제일 편안한 곳이죠. 그럼 세상에서 가장 의지하고 믿는 대상은 무엇일까요? 기독교를 믿는 사람들은 하느님이라고 생각합니다. '주 안에서' 행복하고 성장하며 함께 기쁨과 슬픔을 나눕니다.

인 노미네
파드리스
에드 필리이
에드 스피리투스
상티

인 노미네 파트리스 에트 필러이
에트 스피리투스 상티

In nomine Patris et Filii et Spiritus Sancti

【성부와 성자와 성령의 이름으로】

라틴어

'아멘'을 붙여 십자 성호를 그으며 외우는 기도문입니다. 삼위일체를 따르는 신앙 고백이기도 하지요.

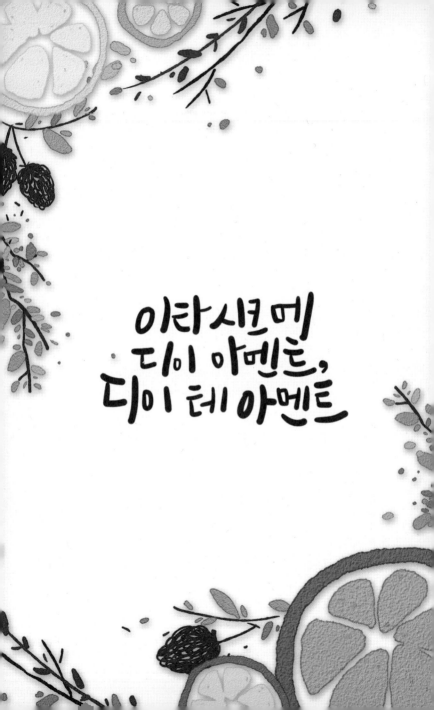

이타시크메
디이 아멘트,
디이 테 아멘트

이타 시크 메 디이 아멘트, 디이 테 아멘트!

Ita sic me Dii ament, Dii te ament!

【내게 신의 가호가 임하기를, 당신에게도 신의 가호가 임하기를!】

라틴어

인간은 위대한 창조물이지만,

신 앞에선 도움과 보살핌이 필요한 작고 작은 존재이지요.

웬드구니
Wend Kuni

【신의 선물】

아프리카 모시어

제주도 서귀포시 안덕면의 조각 공원 근처에 가면 '웬드구니'라는 카페가 있습니다. '웬드구니'는 카페 주인 아들의 아프리카 이름이기도 합니다. 지금의 남편과의 사랑을 잇게 해준 '신의 선물'인 셈이죠.

1983년에 가스통 카보레 감독이 만든 영화 〈Wend Kuuni〉는 프랑스의 아카데미상이라 부르는 세자르상의 불어 작품상을 받았습니다.

디오스
데펜데
엘(옴브레)
우스토

디오스 데펜데 엘 (옴브레) 유스토
Dios defende el (hombre) justo

【신은 정의로운 사람을 돕는다】

라틴어

그리스 신화에서 디오스는 그리스 남부에 위치한 펠로폰네소스 반도의 도시 국가인 엘리스의 왕이기도 합니다. 디오스는 스페인어로 '신God'의 의미입니다.

베리타스 보스
리베라비트

베리타스 보스 리베라비트
Veritas vos liberabit

【진리가 너희를 자유롭게 하리라】

라틴어

《성경》〈요한복음〉 8장 32절에 나오는 구절입니다.

예수께서 신자들에게 말했습니다.

"너희들이 나의 말을 들으면 참 제자가 될 것이다. 진리를 알게 될 것이며, 진리가 너희를 자유롭게 할 것이다."

룩스 에트 살 문디
Lux et sal mundi

【세상의 빛과 소금】

라틴어

빛이 있어 식물이 자라고 세상을 밝게 볼 수 있습니다. 소금이 있어 음식은 썩지 않고 오래 보관됩니다. 세상에 없어서는 안 될 꼭 필요한 사람이 되라는 의미입니다.

★

베리타스 룩스 메아
Veritas lux mea

【진리는 나의 빛】

라틴어

진리 탐구를 최고의 가치로 여기는 여러 교육 기관의 모토입니다.

유비쿼터스

유비쿼터스
Ubiquitous

【언제 어디에나 존재하는】

라틴어

언제 어디에서나 존재한다는, 보다 광범위한 의미의 라틴어에서 왔습니다. 지금은 시간과 장소에 상관없이 컴퓨터로 네트워크에 접속할 수 있는 환경을 의미하는 IT 용어입니다.

당신에게 언제 어디서나 존재하는 것은 무엇일까요. 사랑, 신, 그 사람……?

내 인생의 마법 주문

초판 1쇄 인쇄 2017년 3월 17일
초판 1쇄 발행 2017년 3월 24일

지은이 오프리
캘리그래피 이단비

펴낸이 박세현
펴낸곳 팬덤북스

기획위원 김정대 · 김종선 · 김옥림
편집 김종훈 · 이선희
디자인 심지유
영업 전창열

주소 (우)03966 서울시 마포구 성산로 144 교홍빌딩 305호
전화 070-8821-4312 | **팩스** 02-6008-4318
이메일 fandombooks@naver.com
블로그 http://blog.naver.com/fandombooks

등록번호 제25100-2010-154호

ISBN 979-11-86404-93-5 03810